사랑, 공에서 이루어지다

사랑,
공에서
이루어지다

이원경 네 번째 시집

좋은땅

미소 지어라

본래 내 안이 밝음인데

미소 지어라

곧바로 잃은 밝음 찾으리

내 안의 기쁨이 넘쳐라

내 안의 인정도 넘쳐라

곱게 다문 입술이 붉고

반달 입꼬리

광심한 법령을 만나

강물이 푸르고

사공의 노 저음이 여유롭다

광대뼈 볼살 위에

고요의 눈빛이 내려앉아

맑고 맑은 해안 이룬다

목차

2부

나는 누구입니까

3부

봄처럼 살아라

1부

바다에 가 보았다

바다에 가 보았다

바다에 가 보았다

바다는 언제나 그 모습으로

그 자리에 서 있었다

육중한 거인이 거기 있었다

잘 보여야 살 수 있겠다 싶었다

거인이 원하는 건

내가 할 수 있는 거라곤

모든 걸 버리고

내 환한 얼굴 그것으로

꽃을 바치는 것뿐이었다

길 끝에서 다시

살날 많은

꽃잎은 봄을 포기하고 주저앉아 울고 있고

봄날 끝이 훤히 다 보이는 길에서

만질 순 없는

마음이라는 거 다잡아 붙들고

어쨌거나

살아가 보자

그래

살아가다 보면

다시 힘 실릴 날도 있을 거고

이길 날도 있을 거고

하여튼 가 보자

살아가 보자

가을 강물

가을에는

강물도 드러눕고 만다

강바닥 훤히 보여 주며

굴러온 길

흘러갈 길

숨길 것 없이

속을 보이며

가을볕에 넋두리 말리는

늙은 과부가 된다

다 깨어 놓는다

숨죽일 줄 알고

분 삼킬 줄 알고

물소리 없이 흐른다

미쳐 설친 여름날을 껴안고

제자리 찾아

흔적 없이 흐른다

어깨 힘주는 맛보다는

어깨 힘 빼는 맛을 진정 아는

속이 마알간 어느 중늙은이 같은

가을 강물은

별살에 더 반짝이며 흐르는 것을

고된 여름

장마 끝에

씻긴 모래알

물 지나간 빈터에

모여 서럽다

말없이 반짝인다

뒹굴다 뒹굴다

속은 모두 타는데

작은 가슴속 모래 우는 소리

들려오는 여름 한낮

꽤 괜찮은 사람

이렇게 진실한 볕이
부시게 내려앉는 날이면
오랜 친구 삼아 붙들고 앉아
툭 터놓고 얘기해 본다
별거 없는데
별거 아닌데
푸르기만 하면 되는데
처음도
끝도
아무것도 아닌 것을
쥐지 말고 놓아 버리면 정말 괜찮은데
삶은 이대로 진실이고 완벽하다 하는데
나도 이대로 꽤 괜찮은 사람인데

별거 없는데

별거 아닌데

푸르기만 하면 되는데

어느 타일공과 가을볕

타일 컷팅 먼지 가루가
가을바람에
전장터 화약 연기처럼 핀다
종일 붙이고 채울
빈 공간에 쓸쓸히 날리누나

수직 따라간 한세월
수평 따라간 한세상
먹고사는 일만큼
아름다운 일이 또 어디 있으랴
생을 붙이고
삶을 채운 충만한 공간은
가을볕에 청타일로 빛나누나

내 우주가
꺼지기 전에는
컷팅 날이 마음먹은 대로 돌아야 한다
꽉 잡은 전동 손잡이가 해까워서

정신 일도 요중선에

먼지도 사뿐히 날리누나

별들도 장사합니다

별들도 장사를 해야만

먹고사는가 봅니다

큰 별은 큰 별이라서

작은 별은 작은 별이라서

초저녁부터 새벽까지

밤새워 별빛을 정성껏 팔고 있습니다

장사 안 되어

어떤 날은 안색도 흐리고

속도 썩어

번뇌는 별빛이 되어

지상까지 기운 없이 내려옵니다

얼마나 속이 탔을까요

깊은 밤 조용히 눈물도 왈칵 쏟아 냅니다

지나가는 행인은 많아도

들러 주지 않습니다

문턱엔 먼지 뽀얗습니다

장사 안 되면

누군들 마음은 가난해집니다

오늘 공치면

내일 일까지 두렵습니다

먹고사는 것이

세상 어디나 다 이런 건가요

중력의 팽팽한 긴장감 없는

별들도 마음 하나 편히 쉴

머리에서 가슴까지 가야만 하는 거리가

수억 광년 걸릴지라도

가슴속 외딴섬을 하나 찾아가야 할 것 같습니다

밤 푸른 하늘을 빛내기 위해서

빛 파는 장사는 계속해야 하니까요

가볍게 살아 봄

차안에

담근 발 빼고

한 발 물러서서

돌려 내 안에 서 보렴

발꿈치 살짝 틀었을 뿐인데

회광반조 눈 녹는다

생으로 멸로

가득 찬 머리 위로

흰 구름 둥실둥실 흘러간다

너도 해깝다

나도 해깝다

* 차안 - 피안의 반대 개념. 즉 이쪽 언덕, 현실세계.

* 회광반조 - 외부 대상에서 관심을 돌려 내 안의 본질 의식에 마음을 둔다는 의미.

고요 교류

본래

내 안도 고요

내 밖도 고요

아상의 물막이 걷어내다

안의 고요, 밖의 고요 되고

밖의 고요, 안의 고요 되다

고요의 큰 바다 이루다

남면하다

누렇게 말라 가던 자스민 한 그루

거름 주고 지심매어 공들인 보람에 화답하듯

우뚝이 건강 찾아 보라 빛깔 꽃잎 앞세우고

하얀 빛깔 꽃잎 뒤따라 세워

자스민 향기의 본래면목을 온 방 안에서 견성시켜 준다

30년 지기 한 난초

그 무성하던 잎들은 초라히 두어 가닥으로 남아서

안간힘으로 세상을 버티던

결핍한 수많은 날들을 구석진 한켠에서

없는 듯 죽어 살던

과거의 추억 하나로 연명하던 그 난초

흙 갈고 살 터전 가꾸어 주니

다시 역전의 용사 된다

옛날의 영광을 찾아 녹색의 깃발을

하늘 높이 쳐올린다

머지않아 세월은 불시에 나를 세상 밖으로

밀쳐내어 이유 없음으로 기각시켜 버리겠지만

오늘만은 저것들이 저토록 제 빛깔의 본성을

다시 유감없이 발휘하여 저들과 나를

화엄 세상 하나로 묶는데

내 무슨 염치없음으로

새벽 고요에 남면할 수 없겠는가

* 남면 - 만조백관이 자기 할 일을 충실히 수행하여 임금이 근심 없이 나라를 다스린다는 뜻에서 유래(남쪽을 편히 본다).

일 친구들

이 세상 최고의 선은
먹고살기 위해 부지런히 일하는 것
소처럼 몸을 움직이고 설쳐야 한다
일한다는 건 일 친구를 사귀는 것
일 친구가 좋아하는 건 땀
땀 흘리는 일 속으로 찾아오는 친구
그리고 일 끝난 후 목덜미 땀 말라 가는
적막한 시간이면 놀러 오는 친구 몇몇이 있다
그중 자주 얼굴을 보여 주는 사마디라는 친구가 있고
종종 친구 니르바나와 모크샤도
나를 찾아와 함께 놀아 줄 때가 있다
여름날 소낙비 오고 천둥 번개가 쳐도
소를 몰며 쟁기질하듯 정신을 쏟아부울 때면
어느새 옆에 와서는 조용히 지켜보는 친구가
사마디라는 친구이고
일 마치면 일 공간에서 함께 날리고 뒹굴던 먼지마저
엎드려 제 집으로 찾아간다
이즈음 친구 니르바나는 적적한 창가에

걸터앉은 내 무릎 위에 무심히 내려앉는
가을 햇살 같은 친구이며
친구 모크샤는 뭇 생명들 잎 돋우고 꽃 피워 보겠다고
각자 제 할 일에 열중하는 춘삼월도 끝을 본 시절에
세상만사 잘나면 잘난 대로
못나면 못난 대로의 시름을 풀어 내팽개치고
낮잠 한숨 곤하게 들게 하는
뜨락에 화안하게 내려앉은 봄볕 같은 친구이다
목 빼어 둘러봐도 일만 한 친구 없는데
그들이 찾아와 주니 참 고맙다
오늘도 일 속으로 걸어 들어간다
반가운 친구 만나러

* 사마디 - 삼매, 정신 집중.

* 니르바나 - 열반, 적멸, 고요.

* 모크샤 - 해탈, 모든 속박된 생각, 관념, 감정으로부터 풀려남.

봄꿈

지고지순한
우리 청춘의 사랑은
정녕 여기서 끝입니까
꽃을 던지며 기어이 슬픈 이별을 만들고야 맙니다
내 가슴속엔 당신만을 담아 그리며
긴긴 삼동을 견디고 살아왔는데
무슨 얼어 죽을 다음 생 같은
훗날은 생각지 말겠습니다
당신은 나의 꿈
나는 당신의 꿈인데
당신은 나를 두고 가야만 한다니
우리 꿈은 어찌 하여야 합니까
여기 이승에서
사랑도 꿈도 끝을 봐야 합니다
또 다른 윤회의 시작은 뵈보이고 고통일 뿐입니다
긴긴 봄 해 말 안 해도 나의 가슴은 압니다
아픈 살 붉은 꽃잎 한 점 한 점 떼어 던지심은
우리 이별의 아픔을 달래어 주는

최선의 몸부림이라는 것을

홀로 살아가라시면 살아가야겠지만

꿈 없인 하루도 살 수 없음을

삶은 꿈꾸며 사는 것임을 자연 아는 까닭에

깊은 슬픔에 잠깁니다

나는 가는 당신의 뒷모습을 보았습니다

그러나 나는

죽어도 보내지 아니하였습니다

봄꿈은 나를 휘감고 돕니다

실타카 소리 속에는

늙은 목수의 허공을 가르는 실타카 소리 속에는
젊은 날 겉돌던 인연 그리고 이별, 이별 뒤의 괴로움
그것들은 벌써 찰나 생으로 왔다가
찰나 멸로 사라졌다 하고

도배사의 면벽하는 손놀림 속에는
날일로 채운 나날들의 한숨과
묵은 날 속에 깔려 있는 침묵은
면벽의 노래로 묻었고
각대 없이 온몸으로 때운 날들의 벽면은
찹쌀풀 먹인 초배지위의 정배와 같이
빳빳한 새날로 거듭났다 하고

푸른 물감을 떠다가 붓질하는
칠 도장공의 눈썹 위 하얀 먼지에도
별 낡은 작은 보따리에도
푸른 꿈으로 물들일 내일 날이
빼곡히 깃들어 있는 것을

봄을 흔들어 깨우다

이월 봄은 길고양이처럼 외진 담벼락 아래서
행인 눈치 보며 새초롬히 졸고 있는데

집 앞 매화꽃 봉우리는 연노랑 빛깔을 여기저기 막 던져서
어디로 가는지 모르지만
종종걸음으로 바삐 길 걷는 아가씨의
롱코트 어깨 위 캐시미어 깃털에서
신간 편해 허리통 굵어 가는 봄 나른한 아줌마의
몸빼바지 검정 고무줄에서
일산 오일장 날 난전,
실속 없이 키만 큰 누런 콩나물 대가리에서도
시퍼렇게 서러운 동태 눈깔에서도
봄을 흔들어 깨우다

내가 진정 사랑하는 사람은

하늘이시여

내 사랑하는 사람이

무슨 잘못이 있어

정녕 비라도 맞게 하시려거든

소매 끝에 비

두어 방울만 맞게 해 주시옵고

남은 비는

이 사람이 대신 온몸으로

비 맞겠습니다

내가 진정 사랑하는 사람은

빗방울이라도

불가촉이어야 합니다

왜냐고 물으시면

내가 있음에 무슨 잘못이 있습니다

내가 없다면 그 잘못도 없습니다

모두가 내 존재로 말미암아 비롯되었음을

아는 까닭에 내가 기꺼이 비 맞습니다

내가 그 사람의 전부를

사랑할 수 있음도 내가 있기 때문입니다

혹여 우리 인연의 무슨 잘못이 있어

우리 사랑이 아파도 내 아픔은

당신 소매 끝에 묻어만 둡니다

하늘이시여

그 사람을 많이 사랑합니다

사랑, 공에서 이루어지다

보이지 않는 외나무다리에서
그 사람의 눈동자를 보았습니다
순간 번쩍이며
파란 하늘이 열렸습니다
나는 그 파란 하늘 속에 있었습니다
누가 볼까 하늘 문을 잠갔습니다
나의 거추장스런 몸은 문밖에 둔 채로
그 사람과 나는 공에서 서로 만났습니다
찰나의 꿈을 꾸었습니다
그러나
결코 짧지 않은 꿈이었습니다
우리는 하고픈 말 다 했습니다
작은 집도 지었습니다
우리는 찰나에서 다 누렸습니다
이별 인사도 공에서 주고받았습니다

그 후 나는 몇 날 며칠을
그 꿈을 가슴에 안고 살았습니다

벚꽃

봄 희망 사서
메밀을 풀어 놓고 왔다

메밀묵 장수
고생 끝에 부자 되고

봄 세월 팔아
메밀을 다시 풀어 놓고 갔다

메밀묵 장수
떨이 끝에 늙어 간다

마음 낮은 마을에서

봄은 봄바람을 불러
세상에는 처음부터 풀 문제가 없다고
귀띔을 해 주는데
나는 스스로 문제 같지 않은 문제를
비싼 값으로 사서는
종일 그 문제 붙들고
비탈길 위에서 날카롭다
펑크 난 리어카를 무겁게 끌고 있다
봄은 한 번 더 봄바람을 불러
꽉 잡은 리어카는 풀어 놔 버리고
귀한 마음 굴러떨어질 곳 없는
마음 낮은 마을에 내려가라 한다
거기서 터 잡아 살아라 한다
낮은 마을에서는
바람도 고요히 불어온다고
그 마음 고요한 바람에 쬐어
봄 흙 헐거워지듯 풀어 버리면
죽음조차 못 풀 문제 없다고

봄바람에 실어

무언으로 반듯하게 전언하는데

마음 낮은 마을에 내려가라 한다

거기서 터 잡아 살아라 한다

가을과 겸상하고서

어둑한 형광 등불 아래서

가을과 별찬 없는 겸상을 하고서

어느 가을 시인의 미처 몰랐던

시구절에 대해서

진지하게 얘기해 본다

낙엽을 밟아서

바스락 소리의 전언을 온몸으로 받아 주듯이

다시 내려 읽어

가을 시인의 마음을

내 마음의 모조지 위에

고대로 눌러 베껴도 본다

가을 편지 한 통 주고받을 이 없는

심심하고 침침한 등불 아래서

외로운 가을과 마주 앉아 겸상하고서

또다시 시를 읽어

그 시인이 되고

그 가을이 되고

그 가을 속에 남는다

착각

지구별에

잠시 머무는 우리는

모두가 임차인인데

오늘도 영원할 것 같은

빨건 도장 찍힌 임대인 계약서를

머리 속에 둘둘 말아 넣고 다닌다

한 송이 장미꽃을 찾아

모래바람이 일어야 봄날은 가고
잠자는 먼지를 깨워야 나는 먹고살 수 있고
내 안은
때때로 한 치 앞 보이지 않는
사막의 모래 폭풍이 인다
모래 폭풍 속에서 한 송이 장미꽃을
찾아 나선다
욕망은 바람이 만든 모래 등고선을 따라 걷는다
등고선은 방울뱀의 걸음처럼
여러 갈래의 길을 제시한다
모래 폭풍은 내 나름의 정당한, 지고지순한
욕망을 하얗게 덮어 버린다
욕망이란 바닥에 테라조 무늬처럼 베긴
두려움의 모래알이 씹혀 버석거리고
입천장이 따갑고
입술이 마른다
그럼에도 불나방이 기꺼이 된다
모래 언덕 너머 장미꽃을 꺾어야만 한다

기어이 꺾어 품어야 한다

그러나

불나방의 날갯죽지

비 맞은 듯 기운 잃고 탈색되어 가는 마당에

불나방의 생은 날짜만 모르는 시한부 생

그 생이 찾아 나선 장미꽃은

진정 찾는 꽃인가

사막의 모래 위에서 달빛이 고요히 잠잘

어느 하루 저녁

내 존재의 실상은 뭔가

사막이 된 마음이 묻는다

* 테라조 - 시멘트에 작은 조각조각 대리석을 섞어 표면을 매끄럽게 한 인조 대리석.

아직 유월은 내게 남아 있는가 보다

이 세상 누구보다도

환한 얼굴로 한 번 살아가 보자고

속으로 다짐했는데

봄날 내내

꽃이 펴도

꽃이 져도

온 산천이

푸르름으로 번져 덮고

잎잎이 초록 춤을 추어도

그 다짐 던져 버리고

세간살이에 찌들고

온갖 상념을 한 지게로 짊어진다

낮빛은 얼어 푸석하다

눈빛은 말라 산란하다

이즈음

유월은 날 불쌍히 여겨

한 상 그득히 갖은 반상을 차려 준다

낮은 길어

늦저녁 긴 볕에 낮빛도 순금순금 하라고

밤은 짧아

신새벽 고요에 눈빛도 반짝반짝하라고

울울창창 숲은

연초록 진초록으로 물 한번 들어 보라고

이토록 내게 자정의 연을 차려

기운 돋우어 주는데

내 가진 몫으로 내 안을 정화해서

스스로 환한 끝장을 보지 못하면

내 무슨 얼굴로 살아가나

그래서

아직 유월은 내게 남아 있는가 보다

유월 낭만

볼품없어 차라리 편안한

가진 것 없어 차라리 욕심 없는

그런 한 친구처럼

밤꽃

망초꽃

그렇게 피어 주어

유월에는

누구와 전화할 때

빨리 끊었으면 하는 느낌

들려오지 않는다

들려주지도 않는다

있는 밑반찬만으로도

한 끼 식사 대접이 된다

유월에는

해 길어 천지 사방에

과거 허물도 숨길 필요 없고

그늘도 흉 되지 않는다

그래서 유월에는

에고가 속삭이는

자기 합리화의 유혹에 속지 않는다

그냥 눈 감고

지긋지긋한 현실을 받아들인다

유월은 있는 그대로를 원한다

만추의 빗소리

길바닥 낙엽 위

빗소리 추적추적 달라붙는다

찬비 지도 오갈 데 없어

따스한 곳 어디라도

찾아 들어갈 모양이다

나도 빗소리 따라

따스한 곳 어딘가 있을 듯

찾아 헤매이고 있다

몸을 추스리고

창밖을 본다 허공이다

빗소리는 거기 있는데

가서 쉴 따스한 곳 어디에도 없다

돌려 내 안을 들여다본다

텅 비어 있다

빗소리는 분명 여기도 있는데

찾아 나설 따스한 집은 보이지 않는다

밤이 차고

가을은 자꾸 깊어 가는데

다 놓아 버리고

길바닥에 퍼질러 앉아

지친 에고를 내맡길

본래면목은 어디 있는가

찬비에게 묻는다

* 본래면목 - 본질의 실상.

3월 봄비

외딴 마을

바람막이 판잣집에 사는

사는 거 별것 없다고

첫눈에 답을 주는 처녀의 환한 얼굴

따라 들어온 햇살도 잘 보았다고 거든다

말 걸어도

말없이 받아 주는

입가의 미소

속세가 판치는 세상

그래도

도저히 물들지 않을 것 같은

그래서

내가 진짜 가난하다는 걸 알게 하는

세상 헛살아 왔음을 직감하게 하는

며칠이 지나도

바람 들락거리는 판잣집 문 앞에

두고 온 그 마음

찾으러 갈 생각 없는

이른 산수유 꽃잎에 촉촉이 스며드는

동화의 눈물

가을비 오는 저녁 들판에 서서

저녁나절
청개구리 울음소리는
비를 몰고 왔습니다
묵연히
가을을 적십니다
처마를 때립니다
처마 아래서
손을 내밀어 봅니다
내민 손 가을비를 맞습니다
흠뻑 맞아 봅니다
빗물은 차갑고 묵직이 살아 있음을 스칩니다
먼 옛날 고향도 스칩니다
혹여 고독한 에고에게
말 걸어오기를 바라도 봅니다
사방은 어둑어둑합니다
목 긴 코스모스 비 맞은 채로
가을 저녁 종을 하나씩 고개 숙여 매답니다
하지만 종소리 들으며 밀레의 만종에서처럼

기도해 줄 사람 아무도 없습니다

비 오는 가을 풍경만이

외롭게 서 있습니다

묵언의 종소리 홀로 듣고 있습니다

하지만 종소리 들으며 밀레의 만종에서처럼
기도해 줄 사람 아무도 없습니다

2부

나는 누구입니까

법

별이 생긴다

별이 사라진다

나는 별에서 나왔다

내가 좋아하는 망초꽃과

내가 귀히 여기는 강아지풀도

꿈을 안고 별에서 산다

나는 죽는다

내가 좋아하는 망초꽃과

내가 귀히 여기는 강아지풀도

꿈 지우고 별로 돌아간다

망초꽃 홀로 달빛에 젖는 저녁

강아지풀 날리는 바람에 깜빡깜빡이면

실눈썹 아래서

별 하나 찰나 생

별 하나 찰나 멸

나는 누구입니까 1

삼백예순 하고도 오 일을
애지중지 공들여 피운 목련
피자마자 져야 하는
짧은 절정의 미련도
나서 죽는 생멸의 일대사조차
멸진정에 들어 수도하듯
평상심으로 받아 넘기고
아무 일 일지 않은 듯
다시 먼 내년 준비도 기꺼이 보람에 차 있는데

어제 손해 좀 본 것
간밤 억만장자 된 꿈에서라도
털어 내 버리지 못하고
오늘 새벽 고요까지
물고 늘어져 놓지 못하는
집착의 농한 맛을 끊지 못하는
나는 누구입니까

나는 누구입니까 2

꽃길을 걷는다
키 작은 꽃은 땅에 앉아서도
키 큰 꽃은 공중에 서서도
오월 늦은 봄날
외진 산골 비탈에 사는
산철쭉처럼 속수무책 누렇게 늙어 가는 나를
사는 게 어느 입동 날씨와 같이 새꼬롬한 나를
가진 것 없지만
꼴에 자존심은 꽉 쥐고 버리지 못하는 나를
이렇게 똑바로 있는 이대로 봐 준다

나도 꽃에게 다가서서
꽃과 눈을 맞추며, 코를 맞대며
꽃과 사귀지만
내 꽃 사귐의 낙처는 돈
한쪽 눈과 코는
찰나찰나
돈 밭에 들락날락거리고

반눈 뜨고 매몰된 채로

반쯤 정신 나간 채로

꽃향기를 맡고 있는

나는 누구입니까

나는 누구입니까 3

막 지은 김 모락 나는 흰쌀밥에

빻은 깨소금 솔솔 넣어 버무린

참기름 동동 띄운 조선간장을

비벼 먹는 한 끼는

지금도 훌륭히 유효함을 온몸으로 느끼고

이내 어머니 슬하 시절이

어젠 듯 밟혀

당신께서 흰쌀밥에 참지름과 깨소금

하나도 안 아깝게 넣어 비벼 주신

거뜬히 때 채운 한 그릇

아직도 고소하고 하도 달아

하얀 광목 앞치마 졸라맨

아픈 그리움이 목구멍에 턱 걸려

속눈물 삼키는 나는 누구입니까

두 번째 화살

아름다운 여인이 내 앞을 지나간다

즉각

시선의 궤적이 포물선을 그리며 날아간다

나는 첫 번째 화살을 맞고

잠시 황홀히 어지러워진다

이내

두 번째 화살, 느리고 힘없는 나이 화살을 맞고

초라한 쓴웃음과 함께

처참히 전사한다

언하대오

가을, 점점 깊어 갈 쯤

먼 산은 성숙한 선지식 되어

내게 가까이 찾아와서는

무슨무슨 사람 되어 보라고

몸짓으로 말 걸고

지사가 된 푸르고 푸른 하늘은

어찌어찌 살라며

눈짓으로 말 건네는데

들려오는 소리 푸르고 맑은데 분명

새가슴인 내겐

아직도 아득한 언하대오

* 선지식 - 성품이 바르고 곧고 덕행을 갖추어 바른 도를 가르쳐 주는 선생님 또는 지도자.

* 언하대오 - 말끝에 깨닫는다.

허상의 탑돌이

세상사 진실은

아무것도

얻을 바도 없고

잃을 바도 없는데

나는

다 얻을 것처럼

다 잃을 것처럼

허상의 탑을 차곡차곡 쌓고

쓰다듬으며 돌고 있다

어쩌면

죽어서도 변두리를

빙빙 돌고 있을지도 모르지

어쩌면

죽어서도 변두리를

빙빙 돌고 있을지도 모르지

매미 울음

소유든 무소유든
집착만은 안 된다고
입술 불어터지도록 설법을 하는 건지
세상만사 마음먹은 대로 안 될 때는
그냥 놔두고 차분히 지관해 보라고 하는 건지
이 세상 어디에도 내 거라곤 하나도 없다고
불 보았듯이 떠들어 들어 보라고 하는 건지
울음 속 깊은 뜻은 알 수 없으나
세상살이 괴로움을 울어서라도 소멸시킬 요량임이
틀림없다고 여름 허공은 흔쾌히 간주해 준다
이렇게 울어 울어 독경처럼 울어 입정하고 만다
울음은 뼛속까지 번져 강물 되어 범람하고
괴로움은 소멸되고 강물은 집착 없이 흐른다

그 범람은 분명 매미 속 일이고
내 안의 일은 아니지만
혹여 그것이 내 소원 이근원통의 지혜에
닿을 수만 있다면

* 입정 - 선정에 들다. 즉 본질 고요에 들어가다.

* 이근원통 - 소리를 통하여 본질, 바탕, 견성에 이르게 되는 것.

칠월 모과나무를 보며

거실 베란다와 눈높이를 맞추는
모과나무 한 그루 정정히 서 있다
씨알이 착실히 자라 굵직한
아이로 치면 좋아리며 장단지가
거무스름한 게 내심 반 힘이나마 한번 써 보일
모과를 여기저기 불쑥불쑥 내보인다
지금은 칠월 초여드레 남부럽지 않을 만큼 녹음 짙지만
가을 하늘 푸르름이 눈 시리게 깔리는 곳
깊은 거기까지 가기까지는
쉼 없이 부지런히 길 가야 할 텐데

홀로 허공에 살 맞대고 살아도
붙들고 가야 할 인연 한 아름
버리고 가야 할 인연 한 아름
붙들지도 버리지도 못해
도리 없이 매달아 가슴으로 끌고 갈 번민도
한 리어카는 될 터인데
그래도 세상사 제일의 원은

못나면 못난 대로라도 좋으니
가을 하늘 푸르름에 어울리는
빛깔 고운 노오란 모과일 것이고

칠월 모과나무,
색이 공이면 공도 분명 색
그래서 우리는 두두물물 살아 존재하지만
한길 위에서 막 살지 말고 진실 되게 살아가야 한다고
가을 할 일 다 끝낸 후
겨울 빈터에 무서리 하얗게 내릴 때
할 말 많은 네 사연 내 사연을
날 잡아 밤새도록 엮어 보자고
녹음 짙은 눈짓을 준다

어느 구절초의 본래면목은 어디에

또 난생처음인 듯

올가을은

할 일 다 끝낸 사람처럼

사방팔방 만산홍엽

성숙한 낯빛을 보여 주며

나를 에워싸며

뒷걸음 칠 퇴로까지 붉게 태워 버리는데

그 기세에 눌린 삐뚤어진 아이가 되어

스스로를 은산철벽에 가둬 놓고는

고른 들숨, 날숨의 고마움도 모르고

가을 하늘 눈부시게 푸르른 날의 뭔지 모를

가을비 자작자작 후득후득 오는 날의 뭔지 모를

참행복도 내 안에 따스히 품어 짓지 못하고

한 사람,

올 가을 또 자기 본래면목 찾겠다고

먼 산 초라히 바라보며

가을비 온몸으로 맞고 서 있는

보랏빛 낡은, 한 송이 구절초 같은

아상 말리기

밟아도 밟아도

다시 돋아나는 잡초보다

지독한

완강한

가을볕을 불러

가을볕에 아주 말려 보아도

질기게 달라붙는 아상의 그림자

산중, 어느 노스님의 말씀에

한 번 더 뒤집어 말려 보았다

아무것도 아니었기에

가볍고 쓸쓸하였다

내라는 존재가 어디 있습니까

잠시 왔다가 흩어지고 사라지는데

아무것도 아닌 것을

또 가볍다는 건

참 좋은 거잖아요

* 시 내용의 일부는 육잠스님의 말씀을 인용함.

돈 생각

하루라도 놓을 수 없는

죽어라고 찾아 헤맸던

그 많은 돈

약간의 단백질

약간의 H_2O

그리고 한 줌의 햇빛과 공기

욕심

입춘날

나의 긴 겨울

견디고 산 것에 대한

내 스스로 매긴 품삯으로

고요한 방 길게 들어온

고운 봄볕 한 됫박 덜어 내어

늘어지고 처지고

지친 내면의 얼굴에 따스히 비추어 본다

꽉 막힌

어디 갈 데 없고 할 일도 없는

백수 된 영혼

다시 불 지필 봄볕 한 됫박

청정 거름으로 들어부어

생의 활로를 뚫는다

올 춘삼월에는

내 마음의 꽃 한 송이

너울너울 피울

찰진 봄날을 욕심 부려도 본다

이 봄이 좁혀지지 않는다

다시 돌아온 봄

해 길고

날은 훤하고

길은 밝아서

만물은

세간과 출세간이 자재한데

살 만큼 살아서

이 풍진 세상살이와

삶과 죽음이

으레 그런 줄 알면서도

내 끊지 못하는 욕심과 미련함 때문에

번뇌와 분별에 시달리고

허상에 사로잡혀

이 봄이 좁혀지지 않는다

봄 다 가도록

대문 밖에서

안마당만 기웃거리는 나는

언제나 맨정신으로

이 봄을 자유자재할는지

묻고 또 묻는다

* 세간- 분별의 세계, 현상 세계.

* 출세간 - 분별이 없는 진리의 세계.

사람 아니지

올해도

가깝게 지내보자고

천리 길 마다 않고

봄 친구는 설레이며

날 찾아왔는데

얼굴 한 번 쳐다보지 않고

눈빛 한 번 마주치지 않고

사는 게 뭐 그리 대단하다고

사실

언제나 난생처음인데

반 마음이나마 보태

귀 기울이면 두두물물 귀한 새 생명은

속삭이듯 내면의 물소리 들려주고

눈여겨보면 두두물물 귀한 새 생명은

시시각각 일어남을 보여 주는데

내 기쁨이야

내 흐뭇함이야

어디 던져두고

제 살자고 하는 일이 싫증이 나

이 귀한 봄 친구를

까칠하게 대하고 무심했으니

내가 사람 아니지

사람 아니지

봄비 오는 한때

어제 집 앞 매화가
젊은 날 마음 졸이며 기다린
편지 한 통 같은 꽃을 피워서
새벽 봄비가 내린다
빗소리에 사람이 푸근하다
매화는 큰일을 마쳐서
대번에 환한 얼굴이고
나도 덩달아 내 일인 양
비 오는 새벽이 뭔지 모를
평안에 젖는다
봄비 소리 속에서
등 따스한 아랫목에서
아무 바랄 것도 없이
나란 사람도 없이
봄소식 받은 봄날에
한 사나흘 세상살이 멈추고 싶은 한때

억수비만 쏟을 뿐

산행 길에

장맛비 오다

세찬 비가

짙은 녹잎 위에 하염없이 떨어지고

산길에도 후드득 후드득

산자리 허공에도

빗닢이 어지럽게 날려도

바깥세상은 이뿐인 채로 고요한데

우산 속 안은

오늘 번뇌

내일 망상 가득하여

안 공기가 산란하다

산중 절 마당은

억수비만 쏟을 뿐

안과 밖이 고요하고 고요하다

나는 무장 해제되고

사람은 마음으로 살아가는데

그 마음 하나

새벽안개처럼 분별의 때가 꽉 끼어

말 많은 에고마저 길을 잃고 헤매일 때

살며시 끄집어내어

청정 비누질을 척척 해서

치대어 툭툭 털어 널어야

내 안의 나를 발견할 것이고

욕망이 한여름 먹구름처럼 일어나면

몽둥이로 두들겨 패서라도

욕망의 끝은 언제나 공 하다며

불 꺼진 방구석에 쭈그려 앉아

성찰토록 해야 하며

세상살이 늦가을 서리 맞은 들풀처럼

기 죽어 있을 땐 살살 불러내어

등어리를 쓰다듬고 토닥이며

세상살이 할 만큼 다 해 보되
생심에 눈길 주지 말고 살다 보면
생기는 들불같이 활활 일어날 것이고

지나가는 미풍에도 마음 안 맞아
까칠한 마음이 일어
고요한 하루를 속상하게 하거든
텅 빈 안을 가만히 들여다보라고
텅 빈 바다에서 텅 빈 파도가 쉼 없이
일어나고 가라앉음을

이때 짙은 라일락 향기가
봄바람에 실려 와 긴장한 에고의
어깨를 툭 치며 감싸고 돌 때
나는 무장 해제되고
완전 풀어진다

마음 풍선

사실은

먼 우주 골짜기

어느 쬐그마한 별에서

아주아주 작은 개미가 되어

먹고 살기 위해 일하고

때때로 집을 나와 거리를 거닐고

친구를 만나고

다양한 파장의 대화를 하는데

그 개미들

우주보다 더 큰 마음 풍선을

하나씩 이고 살아간다

마음 풍선에는

아상과 탐진치가 터질 듯 가득하다

어쩌면 그것들과 한 떡이 되어

세상 전부인 줄 알고

하루하루 살아가는 것을

* 아상 - 에고, 탐진치 - 탐: 탐욕, 진: 화냄, 치: 어리석음.

꽃은 고요히 진다

꽃은 고요히 핀다
꽃은 고요히 진다
한 번뿐인 유무인데도
그 기쁨은 어떻고
그 슬픔은 어찌하고
나는 시끄럽다
세상사를 갈고닦는다고
삶을 먹여 살린다고
복을 짓고 복을 구한다고
한나절도 못 갈 것에
마음을 빼앗기고
한 주먹거리도 아닌 것에
아파하고 괴로워하고
내 안은 끊임없이 떠들어 댄다
꽃은 생사조차
고요한데 말이다

이름 있는 꽃 이름 없는 꽃

세상에 이름 없는 꽃이 몇몇 있을까

인간은 마음대로

인간 눈의 잣대로

인간 코의 잣대로

꽃에게

작명을 함부로 해 주었다

꽃이 태어난 생년월일시도

알아보지도 않고

지어 준 이름을

본인이 좋아하는지조차

물어보지도 않고

이름 없는 꽃은 차라리

인간 잣대가 타지 않아서

다행인지도 모른다

하지만

꽃은 상관없다

이름을 받았다고

이름을 받지 못했다고

꽃을 안 피운 적 없을 테고

속상해서 밥을 안 먹은 적도 없을 테고

이 세상 이 땅에 태어나서

누가 뭐라 하든 자기 할 일

꽃을 피우고 열매를 맺고

알아서 시들고 죽는 일까지

묵묵히 소임을 완수한다

이름과 상 따위에 절대 흔들림 없이

이때 나는 무슨 빛깔을 내어놓아야 하나

산에 사는 뭇 생명들

들에 사는 뭇 생명들

두두물물 화화초초

제 나름 마땅히 해야 할 일을

한 치의 소홀함 없이

충직히 수행한다

그 결과

산을 만든다

들을 만든다

숲을 이루고 계절을 완성한다

모두 하루하루 뜨겁게 살아간다

비가 오면 선 채로 비 맞고

눈이 오면 정면으로 눈 맞고

입추 여지없는

몸뚱어리 맞다이는 비좁은 세상에서도

남 탓하지 않는다

분별하지 않는다

자기 할 일만 한다

하여 결국에는

자기만의 정직한 빛깔을 내어놓는다

이때 나는 무슨 빛깔을 내어놓아야 하나

* 두두물물 화화초초 - 자연의 모든 것 삼라만상 하나하나, 물건 하나하나.

침묵 속에서 공을

두두물물 화화초초

입 다물고도

자기 빛깔과 향기를

세상에 하나도 모자람 없이 내어놓는다

모두 다 침묵의 대화를 한다

몸짓만으로도 통한다

세상 사는 재미를 주고받는다

서로 기대며 살아간다

하늘의 침묵 속에서

구름도 침묵으로 흘러간다

땅의 침묵 속에서

뭇 생명들

생사의 문제조차 침묵으로 얘기한다

모두 다 공을 공유하면서

이때

말 많고 성질 마른 내가 끼어든다

침묵을 깨고 파문을 일으킨다

마침내

세상의 평화를 어지럽히고

고요의 공을 깨뜨리고 만다

나는 뭐 하는 존재인가

묻지 않을 수 없다

마침내 세상의 평화를 어지럽히고

고요의 공을 깨트리고 만다

나는 뭐 하는 존재인가

마음의 고향

풀잎도 가질

내가 가진 것이라곤

봄 아이처럼 파랗게 왔다가

가을 갈대처럼 서걱대며 늙어 갈

마음 하나 그것이

아프고 무겁고 힘들 땐

고향 찾아가리

고향의 품은 언제나 아늑하리

어머님의 품이어라

그곳은 외로운데도 하나도 외롭지 않으리

눈 가만히 감고

귀 가만히 기울여

마음의 고향 찾아가리

지친 마음 하나 누일

떠나온 그곳은 고요의 바다

돌아갈 그곳도 알 수 없음의 바다

이제

세상 파도는 일어난다

그 파도 번뇌 즉 행복이어라

일어나는 이대로 삶이고 진실일 뿐

걸림 없는

마음의 평화 이루리

단풍잎의 칼끝을 피하다

단풍잎들은 산을 타고 내려와

사방거리에서 나를 에워싼다

며칠 뒤면

물든 잎의 칼끝은

앞마당까지 치고 들어와

날 붉게 물들이려고 칼날을 겨눌 것이고

멈칫한 나는 아직 때가 이르다며

물듦에 버티기를 자청하겠다

작년처럼 올해도

단풍잎의 칼끝을 받을 수 없다며

그리 머지않은 풀 죽은 날에

스스로 무릎 꿇고 붉게 물들일 칼끝을

겸허히 받을 것이라며 그때

선혈이 낭자해져서는

가을색과 하나가 되겠다고

아직은 철모르고 여름꽃 피우는 달콤함에 빠져

삶의 무게 중심을 못 옮긴다고

세상 미련을 못 버렸다고

현역이라 할 일 남았다며

마음같이 이 가을을 푹 담그지 못한다고

가을바람에 씁쓸히 실어 보낸다

올가을도 반쯤 익다만 떫은 계절이다

지독한 아상이여

가을 고독

뭔 이유인지

내 푸석한 얼굴 때문인지

가을비는 나를 보고도 모른 체하고

언제나 연인처럼 내게 착 달라붙던

참한 빗소리마저도 나를 멀리하고

낙엽은 문 앞에 찾아와서는

작년보다 외롭다고

더 큰 소리로 서걱대며 나뒹군다

늦은 밤 혹시나 싶어

집 안 등불 모두 불 밝혀 놓아도

공허함 재울 수 없고

낮에 본 덜떨어지게 붉은 단풍잎 하나

아직도 행복 찾아 떠도는

누굴 닮아

이 밤이 아프다

한 발 빼서

멀찍이서
물들어 가는 가을 숲을 조견하다
붉음이 지면
거기는 괴로움이 없는가

강둑에 서서
저녁 해
가을 강물에 무심히
빠져 들어가고 있음을 보다
무심할 수 있다고
진심 무노사 할 수 있나

나란 사람
굴러 굴러 어느 골짜기에
머무를지 또 바람은 잘지
한 발 빼서 죽 지켜보다
시간을 쪼아 먹는 가을 까마귀와 함께

3부

봄처럼 살아라

봄처럼 살아라

천진난만 봄은
한 티끌도 상관없는 내게
잴 줄 모르고
그저 성심껏
갖은 꽃과 녹음을 다 내어놓는데
나는 내 것 숨기기 급급하고
무얼로 답례해야 할 줄도 모른다
고맙다
고맙다
그 마음 내는 데
그 아끼는 돈 들 일도 아닌데
귀한 노동 팔 일도 아닌데
그것 하나 쾌히 내어놓지 못하고
그 점 부끄러워하지도 않고

마음에 한 점 걸림 없이
내 속이 가진 것 다 내어놓고
봄처럼 살아라

봄처럼 살아라

봄은 법문 한 자락 던져 주는데

알아듣지 못하고

봄 해 긴데

가진 마음이라고 해 봤자 좁쌀인데

그조차 어디에 두고 있나

낙심은 또 어이 그리 자주인가

꽃 피는 기쁜 일 수수만 번에

꽃 지는 죽을 일 단 한 번인데

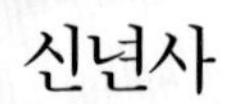

신년사

올 한 해는

희망의 솥을 걸겠습니다

희망의 쌀을 씻겠습니다

희망의 밥을 짓겠습니다

늘 따뜻한 희망을 맛있게 먹겠습니다

동백, 너를 바라보면서

입 꽉 다문
붉은 한 점 봉오리
화두를 들고 있나

너의 여린 봉오리 보니
올겨울도 길겠구나
긴 동안거
피안은 어디에 있나
먼 서방 정토인가
서 있는 그곳 발아래인가

너가 화두를 풀고
뭉실뭉실 환한 얼굴로
하산하는 날
봄은 큰길로 올 것이다
나는 나는 기다린다

피안은 어디에 있나
먼 서방 정토인가
서 있는 그곳 발아래인가

개장미

접시에 개장미 꽃이 피었습니다

Dog Rose

그냥 장미가 아닌

개장미라고 해서 한참을 보았습니다

예쁜 꽃입니다

개를 닮은 구석이 하나도 없습니다

꽃은 서럽습니다

만만하면

개장미 개망초 개철쭉

이렇게 꽃은 기분 나쁠 수 있습니다

하지만 꽃은 개의치 않습니다

이런 것쯤은 상관하지 않습니다

절대로 미워하지 않습니다

꽃은 분별을 원하지 않기 때문입니다

분별에는 이런 상 저런 상

그리고 아상이 필히 따릅니다

개를 팔아 붙여 꽃을 욕보이든지 간에

꽃은 그걸 알든지 모르든지 간에

모르긴 몰라도 꽃은 언제나

약견제상 비상 즉견여래입니다

* 약견제상 비상 즉견여래 - 일체가 모두 상, 즉 관념 이미지임을 깨달으면 곧 본질, 본성, 즉 깨어 있는 의식을 본다는 뜻.

우리는

너도 사람이고
나도 사람이고
우리는 모두
사람입니다

너만 사람이면
나만 사람이면
우리는 모두
그냥 돌들입니다

후회

돌이켜 보면

어느 도공이 정안수 치성도 없이

탁배기 한 잔에 바꿀 요량으로

막 빚은

막사발 같은 인생을

지금껏 살아왔다 싶지만

그건 후회할 일이 아니지

다만

마음 하나 붙들지 못하고

세상 경계에 휘둘려 허우적거린

제대로 한 번 고요를 품은 적 없는

늙은 갈대 한 포기보다 못한

그래서 오늘

일모도원 나그네의 가을 저녁이

암연히 스산하다

* 일모도원 - 해는 저물고 갈 길은 멀다.

어느 집수리 업자의 당부

삼중지 너무 믿지 마라

돌 보일라

숨은 돌 밑에 마음 배길 일 있더라

보는 눈이 마음인데

아무리 바빠도

미장핸디는 잡고 가야지

그것도 두 번은

강물도 건널 때가 있고

재 넘는 봄바람

앞바람이 길을 내어야

뒷바람도 따라 일더라

* 삼중지- 도배 시 도배할 면을 고르게 하기 위한 초배지의 일종.

* 미장핸디 - 도장이나 도배 시 초벌 표면 처리를 하는 행위.

단정화

명자 닮은

작은 몸으로

꽃 낳아 반짝이고

또

꽃 낳아 반짝이고

별 진 밤

너가 별 되어 살아 나와

이 죽은 밤을 새파랗게 밝힌다

너 사는 것 같이 사니까

나도 사는 것 같이 산다

* 단정화 - 잎도 작고 꽃도 작은 다년생 꽃나무 식물의 한 개체.

* 명자 - 명자나무.

한겨울이 묻다

나와 개인적으로 잘 아는 한겨울은

두툼한 손으로

나의 정처 없는 뒷목을 차갑게 잡고서는

이 세한에는

곰팡내 나는 한 닢의 고독과

가물가물하는 한 닢의 그리움과

집요한 한 닢의 생존을

세심의 덕장에 엮어 매달아

햇볕 한 줌 탁발 받아 차분히 말리고서

바람 한 줌 청해 불러 무심히 까불어서

고요한 텅 빈 안을 가만가만 들여다보란다

서두르지 마라 서두르지 말며

앙금앙금 가라앉히란다

갈 길 먼 줄만 아는 나는

한사코 메마른 바쁜 길만을 재촉하는 것을

허공 길 위에서 사람 냄새, 돈 냄새 맡다가 지쳐

허공 길 위에서 잠들일 뻔한 걸 알면서도

고운 별빛 팔아 번뇌와 바꿀 요량인가

눈 맑은데 돼지 눈에 돼지만인가

한겨울이 묻는다

싸락눈을 시나브로 뿌리면서

* 세심 - 마음을 닦다.

겨울나기

나와 차분히 한편 먹던 늦가을도 남남으로 끝나고

낯선 겨울이 저만치 마중 나와 손을 흔들고 있다

계절의 여러 산중

겨울 봉우리가 깊고도 높고 길고도 멀다

한참을 쳐다본다 눈이 시리다

건너자니 반질하던 피부가 거칠어져 온다

지난 계절을 등불 삼는다

별거 없었고

한 티끌도 붙을 일 없었던 것을

새 희망의 불을 달고 달려온 봄이

내 푸석한 얼굴을 쓰다듬은 적 없이 왔다 갔고

다시는 죽지 않을 것 같은 시퍼런 여름이

한 목숨으로 또 그렇게 왔다 갔고

성숙을 외치던 가을도 막상 갈 때가 되니

흔적 없이 가 버렸다

계절들은 내게 많은 기쁨, 슬픔, 의미 있는 얘기를

내 자성의 살갗에 남겨 두었다지만

한 법도 설한 바 없이, 머문 바 없이

결국 나를 칼날처럼 비켜 지나갔다

삶이 그렇게 지날 터이고

죽음이 또 부표도 없이 떠날 것임이 자명하다

수많은 계절이 슬쩍 지나가며 말해 주듯이

아득하고 먼 그래서 약간은 두려운 겨울날들을

하루하루 잘게 잘게 쪼개어서

살아가 보겠다

나이 들면

새해가 온다고

제야의 종소리 울린다

아버지께서는

밤 11시부터 주무시고 계셨다

나는 이상했다

세월이 한참 흐른 지금도

해가 바뀐다고

제야의 종소리 울린다

나는 밤 10시부터 깊은 잠 들었다

시간은 태초부터 없었던 듯이

새해가 갖은 소망으로 새겨져 오기를 기다린

아이들은 참 이상했을 것이다

내가 그랬던 것처럼

평상의 행복

아침밥을 맛있게 먹다

일터에 가다

일할 수 있음에 기쁨으로 일하다

해가 지다

돌아갈 집이 있다

멀찌감치 달려서 귀가하다

저녁밥을 감사히 먹다

세상살이 어쨌든

오늘 하루 그저 만족하다

소한 겨울

오래전

동지 지난

소한 겨울

울 엄마 부뚜막에

걸터앉아서

따뜻이 졸고 있는 그 별과

세월이 많이 흘러

울 엄마 안 계시고

고향 떠난 객지

고단한 일터 한 켠에서

쪼그려 앉아서

외로이 졸고 있는 그 별

그런저런 소한 겨울이 있었다

동지 팥죽의 추억

어머님의 매운 연기 속

정성을 끓인 동지 팥죽

컴컴한 몇 날 며칠을 먹었더니

파리하게 시들던 햇볕은 생기 찾고

새파란 하늘 창도 열렸다

흑백 사진 한 장 속에서

가을 운동회라서 백인 사진 한 장

나일롱 검정 팬티는
날아갈듯 해까웠고
이마 동여맨 비닐 흰 띠는
세상 다 얻은 듯 빛났으며
단발머리 귀밑머리 드리운 울 엄마
흑백 사진 속에서도
연분홍 코스모스 보담도 한참은 고왔다
다시는 못 볼
그 가을볕
다시는 못 올
즐거웠던 한때
차마 그립고 그리워
가을볕 차분히 앉은 어디선가
울 엄마 야야 하며
다정한 말씀 걸어오실 것만 같은
세상살이 푸념도

한없이 받아 주실 것만 같은

본유금유인 줄 알았는데

가을볕마저 예전 같지 않고

곱던 울 엄마 옆에 없고

홀로 남은 나

어이해

어이해

* 본유금유 - 본래 있던 것이 지금도 있음.

어매

우리 어매 들일 나가서

부르시던 노래

잊혀진 오랜 시간을

띄엄띄엄 이어 붙여 따라 불러 봅니다

찔레꽃 붉게 피는 남쪽 나라 내 고향

언덕 위의 초가삼간 그립습니다

아무도 없는 빈방에서

나즈막이 불러 봅니다

그 찔레꽃 따라 늙어 가서

그 노래 따라 늙어 가서

우리 어매 이 세상에 없습니다

어찌 그리 세월을 타서

내 행복 내 새끼 챙기던 그 단새

나이도 쉬이 잡수시고

곱던 얼굴은 쉬이 늙으시고

그 단새

우리 어매 세월의 무게는 천근만근

우리 어매 기다림의 시간은 여삼추

무슨 큰일 한다고

불효자 할 말 없습니다

흐느껴 봐도 소용없습니다

알아줄 사람 아무도 없습니다

당신이 날 아끼고 사랑하는 방식은

이 세상 천지에 하나뿐이었습니다

그것이 그리울 따름입니다

다른 방식의 그리움은 다 필요 없습니다

청보리밭 저 멀리서

만면 미소로 손짓하시던

봄볕 따스히 등에 업고

집으로 함께 걸어가던 그런 시절 말입니다

이 밤사 밤 푸른 별들만이 알려나

찔레꽃 닮은 어매를 밤 이슥토록 그려 봅니다

다시는 못 들을 당신의 노래

천리객창 북두성이 서럽습니다

내 낮은 목청에서 서럽게 떨립니다

장맛비 오는 저녁에 산다는 것을

젖은 거리는 노곤한 불빛에 어른거린다
부슬부슬 내리는 저녁 비는 먼 산 바라보며
옛날을 찾아 나서기도 한다

아늑한 고향 산 아래 두 마지기 콩밭에서
궂은비 아무렇지도 않게 맞으며
어머니가 콩밭을 매고 계신다
콩 줄기 포기포기마다
질긴 자식 사랑을 가꾸고 계신다
별 바라기 참사랑을 말이다

어느새 까마득한 날이 되어 버린 지난 봄날
꽃잎 떨구고 종종걸음으로 가을로 향하는
벚나무 잎에 내리는 비는
봄날 새파랗게 화려했던 나날들의 회상도
가끔은 요긴하다고 방울방울 맺혀 준다

낮에 소중한 일 친구에게 구슬 같은 정신을

쏟아부으며 일의 길 위에서 만난 사람들
집에는 잘 돌아갔는지, 가족들과 오붓이 모여
한 끼의 저녁을 맛있게 먹었는지도 궁금하다

평생을 두고 먹고살기 위한 세상의 여러 업 중에서
나와 인연이 있는 업은 고단하기도 하고 싫증 나기도 하고
때때로 즐거운 친구가 되어 주기도 해서 고마울 때도 있고
백날을 설쳐 봤자 밥벌이 돈벌이가 마음 같지 않을 때는
지긋한 장맛비 오는 날과 같은 허름한 업과 마주한 내가
서글플 때가 있고 오도 가도 못 하는 신세가 되어
먹고는 살아야 하고 일은 해야 하고 비는 오고
늙어는 가고 해서 애써 지켜 온 마음 하나도 노곤한 불빛에
흔들려 가슴 한구석 비 맞은 듯 젖어 오기도 하는 것을
이즈막 하여 어둠 속에 비는 시나브로 듣고

산다는 것이 고행이라고 그 고행당하는 대로
그저 기쁨으로 수용하라고 느린 비 속 청개구리 소리 속에서
어머님 말씀 크게 울려 온다

감나무도 야위어 갑니다 아버지

늦가을 어둑한 들판에서

내 아버지와 함께 땀 마르고

쉰내 나게 일해서 깜깜해 오던 저녁

밤하늘 잔별들이

쏟아져 내려왔습니다

그때 그 들판에 내려온

별들도 까마득히 잊어버린

아버지와 함께한 하나 된 시간들

푸른 별이 되어 반짝이던 추억들은

못난 세월에 씻겨 희미해졌습니다

움켜쥔 모래알이 되어

다 빠져 나가고 몇 알 남지 않았습니다

간이역같이 서럽습니다

희미하게 남은 거 얼마 안 되어

죄송합니다 아버지

이런 게 인생인가요

하지만

제 가슴 안에서 언제나 사랑합니다 아버지

그리움에 숨이 헉헉 막힙니다

아버지 안 계신 지금

그 들판 밤하늘엔

잔별들 내려오지 않습니다

개 짖는 소리 들리지 않습니다

감나무도 야위어 갑니다 아버지

간이역같이 서럽습니다

희미하게 남은 거 얼마 안 되어

죄송합니다 아버지

이런 게 인생인가요

과거는 흘러갔다

그때 머문 시간을

함께한 사람들

하나둘 떠나고

나 홀로 남아

추억 속을 거닌다

낡은 엽서 같은 과거 시간을 꺼내 놓고

내 얘기 들어 주는 이 없고

내게 말 건네는 이 없고

사람은 많은데

말 통할 사람 하나 없다

인연은 뭐고

그리움은 또 뭐고

또 산다는 것은

그리고

알 수 없는 삶은

내 앞을 가로막는다

하지만

길은 가라 하고

홀로 가라 할 뿐

길가 낙엽들은

늦가을 바람에 술 취한 듯

정처 없이 쓸려 다니고

오늘 나는

옛날에 주저앉아

말 통할 사람 붙들고

늦도록 술주정하고 싶은데

외로움이 나를 찾아와서

낮에

삐쩍 마른 외로움이 나를 찾아와서

말을 걸어온다

도망 기차를 타고

멀리 떠나자고

정처 없고 서글픈 길 위에서

길도 혼자라서 쓸쓸한데

같이 걸어서 서로 위로가 되어 주자고

날 저물어 박명한 황혼 빛도 사라지면

어두움도 옆에 누군가 없어

무서워할 텐데 함께 곁에 있어 주면

든든해할 거라고

하꼬방의 빈방도 아무도 없으면

헛헛해할 텐데

팔베개하고 모로 누워서

혹 파도 소리라도, 새소리라도 함께 들으면

아주아주 좋아할 거라고

그래도 외로워서 못 살겠거든

자기를 껴안고 한참을 울어 버리라고

소주병마저 쓸쓸하다며 나뒹굴고

울고 울어서 눈물 마를 때

그때 자기를 차분히 한통으로 받아들이고

때때로 옆에 있어 줄 친구로 여기면

며칠간 몰래 집 나간 자기를

오히려 보고 싶어 찾을 것이라고

당신과 나 사이

아픈 나날 비우고

슬픈 나날 비우고

미운 나날 비운다고 비워 놓고

가을 강물 돌아눕듯이

잔잔히 돌아 누으면 다인가요

등 따스하던가요

서러운 오만 나날들 먼지만 쌓여

들추면 생생히 살아 나올 것 같은데

아무 일도 없었듯 함부로 비운 날들을 위해

마른 이별가라도 불러 주어야 하나요

나의 허공엔 괜 눈물이 서 말인데

당신은 백치 아다다가 되고

드센 세상과

한 미운 사내와

당당 맞서던 굵은 눈망울

세월에 미끌려

사는 거에 까불려

진작에 고운 눈 감았어라

미풍에도

당신이란 사람은 날려 없어지고

꽃가슴 속에 품은 것들

꽃마음으로 아로새긴 것들

꽃눈물의 미움도 설움도

먼 하늘가에

훠이훠이 던져두고서

당신이란 사람 사라지고 없는

굵은 눈망울만 먼 산에 껌벅껌벅

차라리 백치 아다다가 되어

살아가는 것을

진바보로 살겠습니다

늘 이기기만 한 나는 피둥피둥
세상살이 더 많이 져 준 당신은
그것 때문인지 빼빼 늙어 갑니다
미안해서
바로는 쳐다볼 수 없습니다
모른 척 아래로 곁눈질로는 몰라도요
이제 와서는
여기 이렇게 빼빼하게 두고
뒤도 돌아보지 않고 가 버렸다고
세월에게 회한을 덮어씌웁니다
또 이제 와서는
못난 잘못을 소주잔에 부어야 합니다
당신은 지나온 걸음걸음마다
그래도 후하게도 인연의 꽃을 가슴으로 피워 냈지요
그 꽃 가을꽃처럼 느지막이 피어서
작지만 더 이쁩니다
느지막해서 더 소중합니다
가을은 짧습니다

남은 인연 공으로 가기 전

나는 바보의 눈으로 살아가겠습니다

그래서 내가 보는 당신은 바보가 됩니다

바보는 바보를 사랑해야 합니다

이제 바보로 살아가는

당신의 모든 것이 사랑스럽습니다

몸짓 하나도 바보라서

발걸음 하나도 바보라서

당신은 사랑스럽습니다

당신 앞에서는 진바보로 살겠습니다

몸짓 하나도 바보라서

발걸음 하나도 바보라서

당신은 사랑스럽습니다

땡볕살이 기울면

입추 즈음 때 이르게

땡볕은 수행한 만큼 야물어지고

발맞춘 그림자 정직하게 짙어 간다

야물수록 맑아지고

짙을수록 밝아지는데

땡볕살이 기울면

한 해 다 갔다고

마누라는 성화이고

산모퉁이 작은 텃밭

제 할 일에 충직한

호박잎은 싱싱해서 듬직하며

애기 호박은 입추 볕에

제 빛깔 찾아 곱게 영글어 간다

한 점도 아닌

가을, 높아 가는 하늘은

욕망도 맑게 들여다보면

한 점도 아닌 것에 불과하다고

그걸 내버리라고 하는데

그 말에 못 믿는 병 도지고

진실일까 순간순간 따져 묻기만 하고

그것만이 너가 사는 길이라며

한사코 붙들고 달래는데

제풀에 꺾여 곧 죽어도

사실일까 타고난 잔머리만 굴리고

욕망

그 달콤한 맛에

그 향기로운 냄새에 취해서

담 밖에서 끝내 기웃거리다가

빈 손 꽉 움켜쥐고

겨울 강가에 다 와 가는 것을

은퇴

안내견 10살이면

은퇴시킨단다

사람 나이로 따지고 보면

70세

개들도 세상살이 은퇴하는데

그리 머지않은 날

무정한 세월은

세상 밖으로 날 은퇴시킬 것이고

나는 내 나름

하나둘씩

마음 단단히 먹고

무의식조차

그날을 위해

눈물 한 방울 흘리지 않고

등질 준비하지만

무효라고 외친들

유효라고 인정한들

그 뒤는 무엇이 남는가

오늘 저녁

미리 앞당겨 내리는

가을비가 초라하다

가슴팍에 씁쓸히 스며든다

백주의 어떤 일상

늦여름에 지친

바람 머물고 간

뒤뜰 마른 마당에

햇볕은

고요를 데리고 와서는

열반과 생사가

다르지 않다며

한 법문 풀어놓는다

매미 소리는 남은 여름의 허공을

하늘 높이 가르되 분별없이 가르고

산달이 머지않은 밤나무는

벅찬 희망에 볕을 불러

한 움큼이라도 더 쪼이고 있고

바삐 살아온 강아지풀은

무슨 끝을 보았든

살아온 지난날에 족히 원만하여

고개를 숙인다

* 열반과 생사가 다르지 않다 - 무분별지 즉 중도에서는 본질과 현상이 같다는 뜻.

올가을 또한 궁금하다

끝장을 볼 듯이
확 덤벼들던 한여름도
한 줄기 매미 소리 따라
쓸쓸히 허물어지다

한 계절 건넌다고
바삐 달리던 산들도
서로의 얼굴을 보면서
잠시 멈추고 휴식을 취하다

탁류 청류 마다 않고
받아 마셨다
기세등등
언제나 청춘이었던
강물의 물소리
백로에는 숨어서 말없이
말라 잦다

한 계절 건너 보니

시간은 내 편에서

또 한 번 멀어지다

그러나

올가을 또한 궁금하다

길의 끝

길의 끝이 어딘지를
알고 가는 사람의
가슴은 얼마나 진지해야만 하나

청춘의 뒤안길에서
초라히 좁고 가느다란
속에서 불쑥 일어나는 뭔가를 누르며 누르며
정해진 길 이뿐이라고 허심히 받아들여야 한다
길의 끝을 향하여 난 작은 길을
혼자서 걸어가야 한다
약간 외로울 것이고
몸은 지쳐 있겠지만
그래도 희망의 끈은 하루도 놓을 수 없다
삶은 그런 것이라고 인정도 해야 한다
그리고 지난 한세상은 분명
아름다웠다고
꿈이었다고
최선을 다한 삶이었다고

저녁 어둠에게 대화할 것이고

그때 지는 해와 바람에

내 얼굴

맑고 맑은 빛으로 물들어

빼빼한 고독력은 더 성숙할 것이고

모를 뿐의 대긍정

알 수 없음의 대자유가

내 살아 있음을 충만히 감싸고 돌겠다

늙은 가을 하나 걸어간다

물 마른 낙엽을 밟으며

방전된
입에서 흘러나온 옛 노래가
늘어진다

꿈과 희망의 시효가
자동 감지되고

황혼을 등에 지고
늙은 가을 하나 쓸쓸히 걸어간다

이순의 길

가을볕이 하도 좋아

길을 간다

목덜미 따끔따끔해도

마음 가는 대로

일 되는대로라서

마음이 마음에게 흉금 없다

오래전 청운의 꿈 못 이루고

못 지킨 적잖은 약속들

스스로에게 미안하다며

툭 터놓는다

가을볕을 툭툭 차며

고개 숙여 가는 이순의 길이

거칠고 멀어도

아주 가볍다

나의 겨울 바다

볼살에 찬바람 넉넉히 맞아도 좋으리
모래톱에 걸려 질펀 깨어져도 좋으리
달려가서
겨울 바다를 뜨겁게 부둥켜안고
얼굴을 부비대고 싶습니다

빈 지갑에 동전 몇 개뿐인데
내 안은 질경이 작은 씨앗 하나로
살아 꿈틀대고
배고파도 배고프지 않습니다
추워도 춥지 않습니다
스스로 경쾌한 파도칩니다
끊임없이 파도칩니다
남은 시간
누더기 촛농 녹여 불 밝히지만
나의 겨울 바다는 푸릅니다
내 안 바다
살아서 파도칩니다

사랑,
공에서
이루어지다

초판 1쇄 발행 2024년 5월 31일

지은이 이원경
펴낸이 이기봉
편집 좋은땅 편집팀
펴낸곳 도서출판 좋은땅
주소 서울특별시 마포구 양화로12길 26 지월드빌딩 (서교동 395-7)
전화 02)374-8616~7
팩스 02)374-8614
이메일 gworldbook@naver.com
홈페이지 www.g-world.co.kr

ISBN 979-11-388-3181-9 (03810)